LE BOIS DE BOULOGNE.

CETTE BROCHURE NE DOIT ÊTRE VENDUE QUE DIX CENTIMES.

SOMMAIRE.

LE

BOIS DE BOULOGNE

Précis historique et littéraire

PAR

Mme ÉMILIA TELSATME

De toutes les promenades à la proximité de Paris le bois de
Boulogne est, sans contredit, la plus charmante et la plus
fréquentée. D'autres l'ont pensé comme nous, et les généra-
tions qui nous ont précédés ont laissé des traces de leur
passage dans ce lieu de délices.

La forêt immense, dont il est un des débris, a été morcelée ;
chacun en a pris une petite part. Les plaisirs de la chasse
y ont amené la cour, et des résidences royales se sont élevées
à l'ombre séculaire des arbres de la forêt de Rouvrai. Peu à
peu des villages se formèrent au sein même de cette forêt, et
la hache commença à y faire des éclaircies, qui allèrent s'é-
tendant toujours, jusqu'à ce qu'elles devinssent assez vastes
pour séparer entièrement les membres de ce grand corps, qui
reçut alors plusieurs noms. Notre bois si mondain, si frivole,
doit à la dévotion celui qu'il porte encore aujourd'hui :
quelques bourgeois de Paris résolurent, au retour d'un pè-

lerinage entrepris en 1319, pour la rémission de leurs péchés, de construire, au village de Menus-lès-Saint-Cloud, une église semblable à celle de Boulogne-sur-Mer où ils venaient de se rendre. Ils obtinrent de Philippe le Long l'autorisation de réaliser ce projet, et le nom de Boulogne, qu'ils donnèrent à leur église, remplaça bientôt celui de Menus-lès-Saint-Cloud. Le bois ne tarda pas à imiter l'inconstance de son voisin et porta le nom que celui-ci venait d'adopter.

D'autres institutions religieuses, établies vers le même point, ont acquis une assez grande célébrité : le monastère de Longchamp, fondé en 1260, par Isabelle, fille de Louis VIII, dit Cœur de Lion, sur un terrain que lui avait donné saint Louis, et les deux communautés de prêtres et d'ermites, autorisées en 1640 à s'établir sur le mont Valérien, par lettres patentes de Louis XIII.

Les heureux résultats qu'Hubert Charpentier, grand vicaire de l'archevêché d'Auch, avait obtenus de l'établissement d'un calvaire à Bétharan, firent concevoir à cet homme vénérable l'espoir de ramener au bien par le culte de la croix les impies et vaniteux habitants de la capitale. Surmontant toutes les difficultés, il devint propriétaire du mont Valérien, que sa position et d'anciennes légendes, désignant cette colline sous le nom de montagne des Trois Croix, lui avaient fait regarder comme le lieu le plus propice à l'exécution de son plan.

On y avait trouvé, du temps de François Ier, dit M. de Pontbriant, une grande pierre sur laquelle étaient représentées les circonstances de la passion de Jésus-Christ, et l'on y avait élevé trois croix, ce qui lui avait fait donner le nom de montagne des Trois Croix.

Le couvent avait par sa situation même un aspect imposant. Aussi, en atteignant ce lieu consacré au recueillement et à la prière, en promenant ses regards sur ces villages semés çà et là, sur ce Paris si bruyant, sur cette nature si riche et si prodigue, la pensée s'élevait : on se sentait plus près de Dieu.

Bernardin de St-Pierre, dans ses *Etudes de la Nature*, raconte ainsi une promenade qu'il fit au Calvaire avec J.-J. Rousseau :

« Quand nous fûmes parvenus au sommet de la montagne, nous formâmes le projet de demander à dîner aux ermites pour notre argent. Nous arrivâmes chez eux un peu avant qu'ils se missent à table, et pendant qu'ils étaient à l'église Jean-Jacques me proposa d'y entrer et d'y faire une prière. Les ermites récitaient alors les litanies de la Providence qui sont très-belles. Après que nous eûmes prié Dieu, dans une petite chapelle, et que les ermites se furent acheminés à leur réfectoire, Jean-Jacques Rousseau me dit avec attendrissement : « Maintenant j'éprouve ce qui est dit dans l'Evangile : Quand plusieurs d'entre vous seront rassemblés en mon nom, je me trouverai au milieu d'eux. »

Deux grands bâtiments, de trois étages chacun, composaient la demeure des ermites ; un vaste verger, situé dans la partie occidentale, était entretenu par leurs soins. L'église, entourée d'un cloître circulaire soutenu par douze colonnes, s'élevait au centre de la plate-forme ; de petites chapelles, lieux de station des religieux, à demi cachées par les arbres, se voyaient de distance en distance ; deux autres chapelles, où les fidèles déposaient leurs offrandes, étaient fermées par des grilles : elles occupaient dans la partie méridionale, les deux extrémités d'une magnifique terrasse plantée de tilleuls. Du côté de Suresnes trois escaliers superposés conduisaient à une chapelle plus petite dédiée à la Vierge. Ces escaliers divisaient le cimetière de la communauté en deux parties ; le respect le défendait seul des profanations, car il n'était fermé que par une porte à claire-voie.

Pourquoi l'histoire inexorable nous force-t-elle à rappeler ici ce que fut Longchamp ? Il y a tant de bonheur à louer

ce qui est bien, ce qui est noble, que ce n'est pas sans tris-
tesse que l'on se résout à faire le tableau de débauches
scandaleuses. Comment parler de Longchamp après avoir
parlé du Calvaire? Comment placer à côté du nom de la
sœur de saint Louis, cette pieuse fondatrice de l'abbaye
de l'Humilité de Notre-Dame, déclarée béate par une bulle
du Pape Léon X en date du 3 janvier 1521, celui de Catherine de Verdun, la religieuse parjure, qui obtint, pour
avoir été la maîtresse de Henri IV, l'abbaye de Saint-Louis
de Vernon? Comment expliquer la transformation de
cette sainte demeure en un lieu de désordres? Quel lien
établir entre les pieux pèlerinages, faits à la châsse de
sainte Isabelle, par de nombreux fidèles et des rois de
France même, et les processions mondaines et fastueuses
qui les remplacèrent, lorsque l'abbesse, afin de ramener
dans le temple la foule que le spectacle de profanations
inouïes en avait éloignée, entreprit de faire chanter les
Ténèbres en musique, le mercredi, le jeudi et le vendredi
de la semaine Sainte? La foule revint en effet, mais non
la même. L'archevêque de Paris dut intervenir; et pour
mettre un frein à la licence qui pénétrait jusque dans le
saint lieu, il fit cesser la musique et les chants. L'église
fut abandonnée de nouveau; néanmoins les promenades à
Longchamp se continuèrent, et ce fut à qui étalerait le
plus de luxe et de richesse. Bien que la révolution n'ait pas
laissé une seule pierre du monastère, ce pèlerinage, que
le quinzième siècle a vu commencer, se fait encore de nos
jours; mais plus forts que nos pères, nous n'avons recours
à aucun prétexte spécieux pour voiler notre vanité, dissi-
muler notre indifférence : ce sont les jours que l'Eglise
consacre au deuil et à la prière que nous avons choisis pour
fêter la Mode, cette déesse capricieuse et exigeante à laquelle toute femme jeune et jolie ne peut éviter de sacri-
fier : aussi n'en est-il pas une qui n'abandonne l'église,
pour se faire admirer dans toutes les splendeurs de la toi-
ette et de la beauté par la foule qui se presse sur cette

même route qui conduisait naguère à l'abbaye de Longchamp et dont l'aspect animé et brillant rappelle le faste
et l'élégance d'une autre époque.

Quant au Calvaire, il resta ce qu'il devait être, et lorsque
la révolution, frappant du même arrêt l'asile du scandale et
des plaisirs et celui de l'abnégation et du dévouement, dis-
persa les prêtres et les religieuses, dont elle renversait les
demeures, elle trouva les représentants du grand vicaire
d'Auch dignes de la haute pensée qui avait guidé le fonda-
teur du Calvaire. Après la restauration, l'église fut relevée
et les pères de la Foi vinrent s'y établir. Le Calvaire sub-
sista cependant jusqu'à l'époque où l'on posa les fondations
du fort qui surmonte aujourd'hui le mont Valérien ; mais
les pèlerinages cessèrent en 1830.

Les châteaux n'ont pas été plus respectés que les monu-
ments religieux, et il ne reste que des souvenirs et
des débris de ceux que l'amour et le plaisir ont élevés.
Le plus ancien fut celui de Madrid. François 1er le fit
construire à son retour d'Espagne et lui donna ce nom,
en souvenir de la captivité qu'il venait de subir ; on
l'appela aussi le château de Faïence, par allusion
aux émaux dont Bernard de Palissy avait décoré trois de
ses façades. Ce château appartint toujours au domaine
royal ; mais tous les successeurs du roi chevalier n'eurent
pas pour cette demeure la même prédilection que lui, et ce
ne fut que quand Marguerite de Valois, première femme de
Henri IV, en devint propriétaire, que Madrid retrouva son
ancienne splendeur. Pendant les années qui s'écoulèrent
entre la mort de François 1er et l'entrée en jouissance de
la reine répudiée, le château subit des fortunes bien diverses :
Henri II en fit une retraite mystérieuse : il y abrita ses
amours avec la belle Diane de Poitiers ; pour Charles IX, ce ne
fut qu'un rendez-vous de chasse ; Henri III donna l'ordre d'y
rassembler les bêtes féroces, qu'il s'amusait à faire combattre
contre des taureaux ; puis effrayé par un rêve il les fit tuer et
les remplaça par des meutes de petits chiens. Henri IV le

rendit, en partie, à sa destination primitive : il l'adopta, à cause de sa situation sans doute, pour le lieu de ses rendez-vous avec Catherine de Verdun , religieuse de Long-champ. Louis XIII y séjourna plusieurs fois; Louis XIV ne semble pas l'avoir honoré de sa présence. Louis XV y fonda une chapelle sous l'invocation de saint Louis, en 1724, et Louis XVI signa, en 1784, l'ordonnance qui en autorisait la démolition. Cette œuvre de destruction ne fut consommée qu'en 1793; elle ruina les démolisseurs. Les brillants émaux, vendus à un maître paveur, furent convertis en ciment; quelques fragments, recueillis par le propriétaire d'une partie des anciens communs du château, ont servi de modèle à la décoration de la grande porte d'entrée de l'établissement qui porte aujourd'hui le nom de Madrid. Quant au véritable Madrid, il n'en reste aucun vestige.

La Muette, située sur la lisière du bois, près de Passy, n'était dans l'origine qu'une fauconnerie et un chenil; on y éleva, sous Charles IX, un pavillon de chasse. Marguerite de Valois offrit en 1616 le château de la Muette au dauphin qui fut Louis XIII. De quelque façon qu'il en ait disposé cette propriété ne revint à la couronne qu'un siècle plus tard, pendant la minorité de Louis XV; la duchesse de Berri, fille du régent, en fit alors son séjour favori; les fêtes s'y succédèrent sans interruption ; elle mourut à peine âgée de vingt-quatre ans, au milieu des plaisirs. Après la mort de cette princesse, Louis XV fit réparer le château, donna l'ordre d'y ajouter un étage et d'étendre les jardins, aux dépens du bois : la Muette ne dut pas s'apercevoir qu'elle venait de passer en d'autres mains, car les orgies et les fêtes y continuèrent comme par le passé. Le dauphin accompagnait quelquefois son aïeul dans ses visites à la Muette. Ce château fut le lieu de sa résidence pendant les premiers temps de son mariage ; lorsque la cour se fixa à Versailles, Louis XVI et Marie-Antoinette ne vinrent plus à la Muette qu'à de longs intervalles. La ville de Paris y donna, en 1790, le fameux banquet qui réunit plus de vingt mille fédérés. C'est aussi près de la Muette qu'eut lieu, en 1783, la première ascension aérostatique tentée en France par Pilatre des Rosiers. Ce château a eu le sort de toutes les demeures seigneuriales : presque entièrement détruit à la révolution, on y a vu pendant plusieurs années un établissement orthopédique ; plus tard les bâtiments modernes et le parc ont été achetés par M. Erard, qui en a fait une demeure délicieuse.

C'est dans un parc qui avait appartenu à mademoiselle de Charolais, dont le nom réveille encore des souvenirs d'amour et de galanterie, et sur l'emplacement du pavillon qu'elle avait habité, que s'est élevé, comme par enchantement, le château qui a porté le nom de Bagatelle, après avoir été désigné sous celui de Folie-d'Artois. Le comte d'Artois, qui régna sous le nom de Charles X, paria cent mille livres, avec Marie-Antoinette, que ce château serait construit en un mois ; il le fut très-rapidement en effet (en soixante-quatre jours) ; mais il coûta six cent mille livres. Il appartient aujourd'hui au marquis d'Hertfordt, qui y a réuni tout ce qui peut rendre la vie douce et facile.

Oserai-je placer le nom du Ranelagh à côté de ceux de ces châteaux qui ont eu de si illustres fondateurs ? Pourquoi non ; il fait comme eux partie du bois et ne leur cède pas plus en folie qu'en amour. Puis il a eu aussi ses jours de gaieté et d'épreuves, et son nom est celui d'un lord irlandais, grand amateur de musique et de danse. Ouvert en 1774 par un des gardes du bois, qui obtint du maréchal de Soubise, gouverneur du château de la Muette, la permission de construire sur le lieu dit la Pelouse un café, un restaurant, et une salle de spectacle, il se vit menacé d'être fermé peu d'années après sa fondation. Ce ne fut qu'un nuage ; le séjour de Marie-Antoinette à la Muette, en 1780, y amena une société plus brillante et plus nombreuse que jamais. Le vent de la révolution souffla sur toutes ces joies et les fit disparaître ; ce ne fut que sous le Directoire que le Ranelagh osa rouvrir ses portes ;

sa témérité fut cruellement punie, car il sortit mutilé de la lutte et resta fermé jusqu'en 1799. Il revit encore quelques beaux jours sous l'Empire; les soldats alliés les lui firent oublier.

On doit la conservation du Ranelagh au directeur actuel de cet établissement, et voici comment :

En 1814, il sut, à lui tout seul, par son sang-froid et sa présence d'esprit, le défendre contre une armée de Cosaques, campée dans le bois de Boulogne, où elle a laissé des traces de dévastation à peine effacées aujourd'hui. Ces enfants du Nord, dont l'intention était évidemment de se chauffer avec l'édifice, planche par planche, avaient déjà commencé à faire irruption dans le magasin de décors du théâtre, et s'apprêtaient à faire bouillir leur marmite avec des coulisses et une toile de fond représentant des arbres.

— Comment! leur dit le brave directeur, avec autant de justesse que d'indignation, comment! vous avez là un bois sous la main et vous voulez brûler ma forêt?... — A ces paroles fermes et inattendues, la forêt tomba des mains des Cosaques et le Ranelagh fut sauvé.

Toute plaisanterie à part, si chaque Français d'alors en avait fait autant, la France serait demeurée saine et sauve.

Le Ranelagh tenta de nouveau la fortune sous le règne de Louis XVIII; mais il eut alors à résister aux attaques du domaine de la couronne, et n'obtint qu'en 1826 la confirmation des priviléges en vertu desquels il existait. Ses bals ont obtenu une nouvelle vogue ; sa salle de théâtre s'est de nouveau remplie..... mais notre Ranelagh n'est, après tout, que le petit-fils de celui qui a dû son existence au garde Morisan.

C'est là aussi qu'Audinot, expulsé de la salle de l'Ambigu, obtint la permission d'établir en 85 ses petits comédiens *du* bois et non *de* bois de Boulogne, avec droit et privilége d'exploiter le répertoire de la Comédie Française et de l'O-péra-Comique.

Le bois renferme encore un monument historique : c'est
la croix de Catelan élevée, par l'ordre de Philippe le Bel, à
la mémoire d'Arnaud Catelan.

— Arnaud Catelan, troubadour célèbre du treizième siècle,
s'était fixé à la cour de Béatrice de Savoye. Sur l'invitation
de Philippe le Bel, il quitta cette princesse et se rendit à la
cour de France. Le roi, qui se trouvait à son manoir de
Passy lorsque le poète arriva à Paris , lui fit dire de venir
le rejoindre et envoya une escorte pour le protéger contre
les malfaiteurs dont la forêt de Rouvrai était infestée. Le
commandant de l'escorte assassina l'homme qu'il s'était
chargé de défendre et s'empara des présents destinés au roi;
il revint ensuite à Passy et dit n'avoir point trouvé le sire de
Catelan au lieu du rendez-vous. Une battue de la forêt amena la découverte du corps de Catelan ; les honneurs funèbres
lui furent rendus et une croix, dont il ne reste plus qu'une
colonne mutilée, perpétua le souvenir du crime commis en
cet endroit. L'imprudence des coupables , qui s'enhardirent
au point d'employer des parfums qu'on ne fabriquait alors
qu'en Provence, les fit découvrir. Ils furent condamnés à
être brûlés vifs et à petit feu.

Grâce aux châteaux dont nous avons dit quelques mots,
les villages voisins s'enrichirent de délicieuses maisons de
plaisance et d'élégants hôtels. La demeure des châtelains
de Passy, que la révolution avait épargnée, fut détruite par
des spéculateurs en 1826. Sans entrer dans l'énumération
complète des personnages remarquables qui ont habité, ce
village nous ne pouvons nous empêcher de citer le château de
la princesse de Lamballe; l'hôtel Valentinois, que Franklin,
alors ministre de la fédération américaine, a illustré par le
séjour qu'il y fit en 1777; la maison de la Folie, donnée par
Louis XV à mademoiselle de Romans. Boileau et Molière ont passé à Auteuil les plus heureux moments
de leur vie. Un petit temple , sur lequel on a gravé
cette inscription : *Ici fut la maison de Molière*, indique le
lieu qu'a habité notre plus grand poète comique. (Une

construction moderne occupe la place où se voyait celle
qui fut son berceau : une légende et un buste rappellent
aussi ce souvenir.)

Passy et Auteuil ont réuni pendant plus de deux siècles
toutes les célébrités, et leur gloire est loin d'être à son dé-
clin. si ces villages ont dû la préférence qui leur a été ac-
cordée jusqu'ici à leur position et au bois au milieu duquel
ils se sont élevés, que sera-ce lorsque les travaux d'embellissement qu'on y exécute seront achevés? Mais nous de-
vons, avant d'énumérer toutes ces merveilles, dire que le
bois a partagé la mauvaise fortune des habitations royales
qu'il cachait aux regards. Napoléon Ier fit promptement
disparaître jusqu'à la dernière trace du passage du tor-
rent révolutionnaire. Par son ordre, on répara les murs
d'enceinte, de nouvelles et nombreuses plantations furent
faites, des gardes forestiers protégèrent les promeneurs et
éloignèrent par leur vigilance les vagabonds et les gens de
mauvaise vie, dont le bois était devenu le refuge. Cette
prospérité ne fut que passagère : l'entrée des étrangers à
Paris fut le précurseur d'une dévastation plus affreuse; les
alliés, continuant les ravages qu'ils exerçaient sur le terri-
toire français depuis qu'ils y avaient posé le pied, changè-
reut le bois en une lande déserte. Louis XVIII retrouva le
plan qu'avait adopté Napoléon et le suivit en tous points;
il rendit au bois son aspect primitif et ne cessa de l'embellir.
C'est, de tous les travaux commencés par l'Empereur, le seul
que ce roi ait jugé à propos d'achever. Depuis cette époque,
le bois de Boulogne a toujours été le rendez-vous de l'élite
de la société parisienne, et les nouveaux trésors que l'on y
rassemble, ainsi que les dispositions prises pour y amener
plus facilement les promeneurs, semblent lui promettre de
riantes destinées.

C'est à Napoléon III que l'on doit la transformation
du bois en parc, le plaisir de trouver Enghien et Rambouillet
aux portes de Paris. L'Empereur a suivi avec intérêt l'exécution des travaux, dont il a tracé lui-même le plan; sa

présence et celle de l'Impératrice ont entraîné la cour au bois;
jamais l'affluence n'y a été si grande ; ceux qui ne s'inquiè-
tent que médiocrement de ce que promet l'avenir, s'y ren-
dent pour admirer les toilettes et les équipages, pour passer
en revue toutes les notabilités de l'époque.

Au mois de juin 1852, l'État a cédé le bois de Boulogne
à la ville de Paris, à la charge, par cette dernière, de sub-
venir à toutes les dépenses de surveillance et d'entretien du
bois ; de consacrer, dans l'espace de quatre ans, une somme de
deux millions à l'embellissement du bois de Boulogne et de
ses abords; de soumettre à l'approbation du gouvernement
les projets des travaux à exécuter; enfin de conserver aux
terrains concédés leur destination actuelle.

M. Varé, chargé de la direction des travaux, n'a modifié le
projet de Sa Majesté que dans quelques détails. Les eaux
de la Seine vont former un lac et une rivière , donner un
nouvel essor à la végétation. Pauvre mare d'Auteuil, si
charmante lorsque l'aubépine est en fleur ! pauvre Mare-
aux-Biches, si rêveuse et si triste ! qui se souviendra de
vous et vous fera l'aumône d'un regret, maintenant que
nous avons un lac long de 450 mètres et large de 65 mètres,
dont la profondeur varie de 60 centimètres à 1 mètre 40 ?
Quelle comparaison établir entre votre eau verdâtre et bour-
beuse et cette eau fraîche et limpide qui s'épanche à flots
abondants, au moyen de la pompe à feu de Chaillot, dans
ce lac, puis dans la rivière où elle arrive par des conduits
souterrains de 40 centimètres de diamètre? Mais avant de
pouvoir alimenter cette rivière elle rencontre un obstacle
qu'il lui faut franchir: une digue de rochers l'arrête au dé-
but de sa course et ne la laisse échapper que mugissante et
courroucée. De ce point à celui où elle rejoint la Seine elle
parcourt 1230 mètres; sa plus grande largeur est de 200
mètres. Aucun pont ne conduit d'une rive à l'autre, mais
de nombreuses barques sillonnent l'onde et transportent les
promeneurs; il faut qu'ils y aient recours s'ils veulent
visiter les deux charmantes îles qui coupent l'unifor-

mité de cette vaste nappe d'eau et que réunit un pont
jeté sur une masse de rochers. Notre bois est méconnais-
sable; les anciennes allées sont couvertes, à peu d'excep-
tions près, de jeunes plantations; de nouvelles avenues sont
tracées; l'extrémité de chacune touche à un point pittores-
que de l'horizon. Du rond Mortemart, transformé en colline,
on embrasse l'ensemble de ce vaste travail; les coteaux de
Saint-Cloud, de Boulogne, d'Auteuil se dessinent dans le
lointain; une route large de 10 mètres, ayant un trottoir de
3 mètres, suit le cours sinueux de la rivière; un sentier ré-
servé au bord de l'eau et des pelouses en pente douce
permettent aux piétons de jouir de la vue des îles et des
barques chargées de promeneurs; quinze routes, les unes
droites et régulières, les autres accidentées et capricieuses,
viennent aboutir à cette grande route destinée aux voi-
tures; la terre végétale en a été enlevée à une certaine profondeur et jetée sur les talus préalablement défoncés, puis
remplacée par les pierres et le sable tirés d'autres endroits
pour la macadamiser. Toutes les terres extraites du lit des
rivières ont été portées au rond Mortemart, qui s'est ainsi
trouvé exhaussé d'environ quarante pieds; le cèdre qui s'é-
levait au centre a été placé, à force de patience et de soins,
au niveau du terrain; il n'a pas souffert de ce changement,
car il pousse de nouveaux rameaux. On travaille maintenant
au grand rocher; le trop plein du lac alimentera la seconde
rivière et les cascades.

Quelques parties de cet immense travail sont achevées;
mais quelques-unes ne sont encore qu'ébauchées; on peut
toutefois se rendre compte de ce que sera le bois, lorsque la
nature aura complété l'œuvre de l'homme; malheureusement
ce dernier coup de ciseau, qui établira partout l'harmonie,
fondra les tons, adoucira les formes, ne sera pas donné en un
jour. On ne jouit encore de toutes ces merveilles qu'en pers-
pective.

Ne croyez pas toutefois que le bois n'offre aucun plaisir
en ce moment : il y a du charme, je vous assure, à suivre

la transformation de ce désert en oasis, à se mêler aux flots tumultueux de cette foule qui va, vient et admire.

Je ne vous ai rien dit du village dont le bois porte le nom ; mais aussi comment parler de cette population simple et industrieuse, en traçant l'esquisse de ses aristocratiques voisins? Boulogne touche à Auteuil, et l'aspect de ces deux communes est si différent, qu'une énorme distance les sépare : l'une est déjà Paris; l'autre est encore la province.

Dois-je passer sous silence les coquettes maisonnettes qui composent Sainte-James, ou vous dire qu'à la place qu'elles occupent s'élevait autrefois la somptueuse habitation du trésorier de la marine, Bandard de Sainte-James, lequel dépensa quinze cent mille francs pour un seul des rochers destinés à orner son parc ; et que ce financier, ayant fait faillite de vingt-cinq millions, fut enfermé à la Bastille, où il mourut dans le plus complet denûment?

Nous pensons n'avoir rien omis de ce qu'il est indispensable de savoir; toutes les descriptions que nous pourrions faire de la physionomie mobile du bois, selon les heures, les jours et les saisons, vous paraîtraient mensongères, si le soleil se cachait au moment où vous voudriez en constater l'exactitude ; d'ailleurs, nos observations, nos critiques ne vaudraient certes pas les vôtres. Nous nous abstiendrons donc et vous engagerons à juger par vous-même des diverses impressions que peut faire éprouver une promenade au bois.

EMILIA TESSAIME.

IMPRIMÉ PAR LES PROCÉDÉS MÉCANIQUES

D'ADRIEN DELCAMBRE ET COMPAGNIE

RUE BREDA, 15

NOUVEAU SYSTÈME BREVETÉ EN FRANCE

ET A L'ÉTRANGER.